AF326236

VENTE

Des Mardi 24 et Mercredi 25 Avril 1900

HOTEL DROUOT, SALLE N° 1

A 2 HEURES 1/4

OBJETS D'ART

ET DE

BEL AMEUBLEMENT

Anciens et de Styles

TABLEAUX — SCULPTURES

TAPISSERIES, TAPIS D'ORIENT

Broderies Renaissance

<table>
<tr><td>

Me G. DUCHESNE

COMMISSAIRE-PRISEUR

6, Rue de Hanovre, 6

</td><td>

M. A. BLOCHE

EXPERT PRÈS LA COUR D'APPEL

28, rue de Châteaudun, 28

</td></tr>
</table>

EXPOSITION PUBLIQUE

LE LUNDI 23 AVRIL 1900

DE 2 HEURES A 6 HEURES

CATALOGUE

DES

OBJETS D'ART

ET DE

BEL AMEUBLEMENT

Anciens et de Styles

Marbres, Bronzes de Beurdeley et Gagneau

PORCELAINES, FAIENCES, ARMES, IVOIRES

SALONS STYLE XVIIIe SIÈCLE

Commodes, Consoles, Torchères, Glaces Renaissance et Louis XV

TABLEAUX, TAPISSERIES

DENTELLES — BRODERIES RENAISSANCE

Tentures, Tapis d'Orient

DONT LA VENTE AURA LIEU

HOTEL DROUOT, SALLE N° 1

Les Mardi 24 et Mercredi 25 Avril 1900

à 2 heures 1/4

Me G. DUCHESNE	**M. A. BLOCHE**
COMMISSAIRE-PRISEUR	EXPERT PRÈS LA COUR D'APPEL
6, Rue de Hanovre, 6	28, Rue de Châteaudun, 28

EXPOSITION PUBLIQUE

LE LUNDI 23 AVRIL 1900

DE 2 HEURES A 6 HEURES

CONDITIONS DE LA VENTE

Elle sera faite au comptant.

Les acquéreurs paieront *cinq pour cent* en sus des adjudications.

L'exposition permettant au public de se rendre compte de l'état et de la nature des objets, il ne sera admis aucune réclamation une fois l'adjudication prononcée.

Paris. — Imprimerie artistique Ménard et Chaufour 8-10, rue Milton.

DÉSIGNATION

MEUBLES

1 — Belle commode de forme ventrue, en bois de violette et des îles, richement garnie de bronzes à rocailles, dessus en marbre. Époque Louis XV.

2 — Console de l'époque Louis XVI, peinte en blanc, bandeau ajouré et orné de guirlandes de fleurs et de trophées.

3 — Meuble de salon de style Louis XV, composé d'un canapé, deux marquises et deux chaises en noyer sculpté à rocailles et rehaussé d'or, couverts en soierie réséda brochée à fleurs.

4-5 — Deux marquises style Louis XV, en noyer sculpté à rocailles, couvertes en soierie fond crème brochée à fleurs.

6 — Deux sièges forme X, en bois laqué et canné, avec coussins.

7 — Banquette en bois sculpté. Style Louis XVI.

8 — Deux fauteuils en bois teinté et marqueterie de citronnier, dessin à mascarons, cornes d'abondance et armoiries des Médicis, bras à têtes d'enfants sculptés, sièges dits de Bianca Capello.

9 — Trône en bois sculpté et doré, offrant comme montant des cariatides d'amours, accotoirs à têtes chimériques; le fond, garni de damas de soie rouge, est relevé d'ornements en bois sculpté et doré. Reproduction du beau trône Strozzi.

10 — Petit paravent-triptyque en bois sculpté et doré à rocailles fleuronnées. Style Louis XV.

11 — Remarquable gaîne-console en bois sculpté et doré, offrant assis dans une niche de feuillages, sur un cul-de-lampe à rayonnement, une statue d'amour, allégorie de l'Abondance. Époque Louis XIV. Provenant du Palais de Gimmi.

12 — Très beau coffre de mariage en bois sculpté, parties dorées, fond bleu foncé, offrant sur des frises superposées des cornes d'abondance, un médaillon à tête de chérubin, des figures et des cariatides d'amours, des suites d'acanthe et autres feuillages; les plats sont ornés d'arabesques et

d'oiseaux. Poignées en fer doré. xvɪᵉ siècle. Provenant du Palais du marquis de Giuni.

13 — Six fauteuils forme X en noyer, ornés de marqueterie de bois, aux armes des Médicis, lys de Florence au milieu de dessins tirés des cartons de BENVENUTO CELLINI.

14 — Six fauteuils de même forme, en bois noir orné d'incrustations d'ivoire et de nacre, aux armes royales de Florence et à sujets allégoriques.

15 — Quatre grands fauteuils à dossiers carrés, en bois de noyer sculpté Louis XIII, couverts en point de Hongrie, dessin polychrome.

16 — Meuble à deux corps, ouvrant à portes pleines dans le bas, à portes vitrées dans le haut, disposé à l'intérieur en étagères contrariées, tout en bois sculpté et doré, dessin à riches rocailles. Style Louis XV.

17 — Deux grandes et superbes torchères Renaissance en bois sculpté, fond vert et parties en haut-relief doré, offrant des cariatides de formes ailées, des têtes d'amours, des touffes de volutes et des chutes de fruits, base triangulaire à cariatides, béliers sur volutes, aux armes des Médicis.

18 — Deux fauteuils rappelant ceux de Raphaël Sanzio d'Urbino, en bois sculpté et doré, formés

d'enroulements de cygnes et d'aigles, couverts en damas de soie rouge.

19 — Lutrin en bois sculpté et doré, forme Louis **XV**, à rocailles fleuronnées.

20 — Grand paravent-triptyque en bois sculpté et doré, riche dessin à rocailles fleuronnées.

21 — Écran en bois sculpté et doré à rocailles, **avec** panneau peint par TORRINI, représentant *la Confidence des amours*, gaine en damas de soie rouge.

22 — Six fauteuils X en noyer sculpté, à armoiries et dragons.

23 — Deux guéridons Louis XV en bois sculpté et doré à rocailles, dessus en marbre.

24 — Glace en forme d'éventail à trois compartiments en bois sculpté et doré, tout à fleurs. XVIIIe siècle.

25 — Glace avec cadre à contours élégants et guirlandes de fleurs en bois sculpté et doré Louis XV.

26 — Deux glaces avec cadres bois sculpté et doré à têtes de chérubins, fleurs et ornements.

27 — Deux autres Louis XV, cadres à fleurs et rocailles.

28-32 — Six petites glaces avec cadres en bois
sculpté et doré, Renaissance, Louis XIV et
Louis XV.

33 — Vitrine Louis XV en bois sculpté.

34 — Banquette Renaissance en bois sculpté, ornée
de marqueterie de bois.

35 — Commode en marqueterie de bois de palissandre ornée de bronzes ciselés et dorés d'époque
Louis XV à dessus de marbre.

36 — Meuble de salon en bois sculpté et laqué blanc
recouvert en étoffe de soie brochée à bouquets de
fleurs sur fond crème de style Louis XVI, composé de : un canapé, une bergère, trois fauteuils,
trois chaises, deux tabourets et un écran.

37 — Console en bois sculpté et doré d'époque
Louis XV à dessus de marbre.

38 — Meuble de salon en bois sculpté et doré de
style Louis XV couvert en lampas fond jaune à
fleurs. Composé de : un canapé, deux fauteuils et
deux chaises.

39 — Petit canapé en bois sculpté et doré de style
Louis XVI, couvert en lampas broché fond rouge
à fleurs et palmes.

40 — Bergère en bois sculpté et doré de style Louis XVI, garni en étoffe imitant la tapisserie, et de soie brochée fond crème.

41 — Petit banquette en bois doré de style Louis XVI, couverte en soie rayée à fleurs.

42 — Deux chaises en bois sculpté et doré de style Louis XV, couvertes en lampas fond vert à fleurs et palmes.

43 — Beau bahut crédence en noyer sculpté à colonnes. xviie siècle.

44 — Console en bois sculpté et doré Louis XVI à dessus de marbre.

45 — Belle console en bois sculpté et doré Louis XV, décor à dragons avec dessus de marbre.

46 — Grande glace bizeautée, avec cadre en noyer sculpté. Style Louis XV.

47 — Fauteuil d'enfant, bois sculpté et peint, style Louis XVI, couvert en soie.

48 — Escabeau chêne sculpté.

49 — Tabouret en bois de fer sculpté chinois.

50 — Table en noyer à pieds tournés.

51 — Bureau à dos d'âne Louis XVI en marqueterie de bois de violette.

52 — Ameublement de salle à manger en poirier sculpté et noirci, composé d'un grand buffet-dressoir, un autre moins grand, une servante à étagères, neuf chaises et une grande table rectangulaire avec rallonges. Style xvıᵉ siècle.

53 — Grand et beau canapé Louis XVI en bois finement sculpté et doré, foncé de canne dorée, avec coussins carré en soierie rayée et brochée.

54 — Canapé à contours Louis XVI en bois sculpté peint en blanc, foncé de canne.

55 — Jolie vitrine plate, forme table en bois de luxe, garnie de bronzes. Style Louis XVI.

56 — Petite table en bois de luxe et marqueterie, garnie de bronzes dorés, Louis XVI.

57 — Porte-manteau en chêne avec patères en cuivre. Style Renaissance.

58 — Support, dessus tournant, en bois noir.

59 — Support en bois sculpté et doré. Style Louis XVI.

60 — Grand bureau plat, de style Louis XV en bois rose et de palissandre garni de bronzes.

MARBRES

61 — Buste de Mademoiselle de Beaujolais en marbre
blanc.

62 — Buste d'homme Louis XIV en marbre blanc.

63 — Grand buste en marbre : Dame de la Cour
sous les traits de Diane chasseresse.

64 — Grand buste en marbre : Femme XVIIIᵉ siècle,
la Rieuse.

65 — Deux statuettes en marbre : Les petits Faunes
coureurs, d'après CLODION.

BRONZES, PORCELAINES
OBJETS DIVERS — ARMES

66 — Jolie pendule en bronze ciselé et doré, de
Beurdeley, représentant l'*Enlèvement de la Belle
Europe*, sur terrassement à rocailles. Style
Louis XV.

67 — Grande suspension en bronze doré à seize
lumières disposées pour le gaz ou les bougies avec
lampes au milieu, de la maison GAGNEAU.

68 — Paire d'appliques en bronze doré à trois lumières de style Louis XV.

69 — Paire d'appliques en bronze doré à deux lumières de style Louis XV.

70 — Buste de bacchante en terre cuite de CARRIER-BELLEUSE.

71 — Garniture de cheminée en bronze doré de style Louis XVI, composée d'une pendule forme vase, anses à têtes de satyres et serpents entrelacés, cadran de MARTINOT, à Paris, sur socle perlé et feuillagé et deux candélabres formés chacun par trois statuettes d'enfants supportant quatre lumières.

72 — Paire d'appliques à cinq lumières en bronze doré de style Louis XVI.

73 — Vasque en cuivre gravé. Travail persan.

74 — Jardinière, sans fond, cuivre gravé. Travail persan.

75 — Deux lapins en émail cloisonné de Chine blanc.

76 — Perdrix en émail cloisonné.

77 — Soupière en porcelaine de Chine, décor or sur fond bleu.

78 — Soupière en porcelaine de Chine, décor bleu sur fond blanc.

79 — Grand cornet en verre bleu.

80 — Corbeille en Saxe, treillis à jour et fleurs en relief.

81 — Service à thé, porcelaine anglaise.

82 — Statuette de Napoléon, en bronze, sur socle marbre blanc.

83 — Aigle en bronze, socle en marbre vert.

84 — Deux cadres en galvano.

85 — Petite buire et coupe en satzuma.

86 — Vase en biscuit, socle marbre et bronze.

87 — Carafe en verre de Bohême gravé.

88 — Statuette de patineuse, porcelaine de Sèvres.

89 — Deux flambeaux bronze, Epoque Louis XVI.

90 — Missel d'autel daté 1685.

91 — Quatre assiettes porcelaine de Chine et du Japon.

92 — Jumelle.

93 — Deux albums à photographies.

94 — Statuette de Jean-Jacques-Rousseau, socle en marbre.

95 — Paire de beaux candélabres Louis XVI à nymphes, portant des branches de lumière.

96 — Groupe en bronze : Bacchante et Enfant, de CLODION, socle en marbre.

97 — Groupe en bronze, la Esmeralda de ROULBEAU.

98 — Buste en bronze, la vestale de CLODION.

99 — Deux statuettes en bronze, Amours assis, d'après PIGALLE.

100 — Paire de beaux chenêts Louis XVI, en bronze ciselé et doré.

101 — Paire de cassolettes Louis XVI, en bronze ciselé et doré.

102 — Réchaud en métal argenté, de la maison CHRISTOFLE.

103 — Huilier avec ses burettes en métal argenté, de la maison CHRISTOFLE.

104 — Deux plats ronds à contours en métal argenté, bordures à filets, de la maison CHRISTOFLE.

105 — Plat ovale à contours en métal argenté, bordure à filets, de la maison Christofle.

106 — Statuette sur socle en ivoire. XVIe siècle

107 — Groupe en porcelaine de Capo di Monte : l'Escarpolette.

108 — Plat en cuivre repoussé. XVIe siècle.

109 — Modèle d'Armure en fer ciselé.

110 — Réveil en bronze. XVIe siècle.

111 — Bonbonnière en écaille ornée de deux miniatures.

112 — Buste en bronze : *Yantis*, socle en marbre vert.

113 — Statuette en bronze le hallebardier, de Carrier Belleuse.

114 — Paire de vases en ancienne porcelaine de Chine.

115 — Casque de Garde de Paris. 1860.

116 — Cuirasse russe. Ier Empire.

117 — Cinq gibernes et banderolles monarchie de Juillet et Empire.

118 — Cinq plaques de coiffures, hausse-cols, mêmes époques.

119 — Tromblon incrusté de nacre et d'or. XVIIe siècle.

120 — Pistolet a pierre, garniture gravée et dorée, XVIIIe siècle.

121 — Deux dagues.

122 — Deux sabres briquets, époque de la Révolution.

123 — Deux sabres briquets, Ier Empire et Restauration.

124 — Sabre de cavalerie.

125 — Grand plat en vieux Rouen, décor à rosaces et ornements en bleu.

126 — Assiette en porcelaine de Vienne, décor représentant Roméo et Juliette.

127 — Petite lampe en argent de style Louis XV.

128 — Tasse et soucoupe en argent.

129 — Bonbonnière en cristal avec couvercle en vermeil de style Louis XV.

130 — Porte-allumettes en argent russe.

131 — Cadre à photographies en argent.

132 — Bonbonnière en or ornée d'une miniature : portrait d'homme, époque Louis XVI.

133 — Glace de poche en or avec fer à cheval en turquoises et diamants.

134 — Porte-cigarettes en or, fermoir orné d'un saphir cabochon.

135 — Bonbonnière en argent, forme panier à œufs.

136 — Bonbonnière en argent, décor imitant la vannerie.

137 — Deux bonbonnières en cuivre doré de style Louis XVI.

138 — Eventail époque Louis XV.

139 — Petit flacon à sel orné d'une perle et de diamants.

140 — Petite broche en or forme papillon enrichie de turquoises et de diamants.

141 — Eventail monture écaille, feuille en dentelle avec médaillons peints.

142 — Miniature, portrait de la princesse de Lamballe, cadre enrichi de diamants, rubis et émeraudes.

TABLEAUX
AQUARELLES. DESSINS

ALLONGÉ (Attribué à)

143 — *Paysage.*

Dessin.

144 — *Chemin sous bois.*

Aquarelle.

BARON (Attribué à)

145 — *Jeunes femmes sous bois.*

BONVIN (Attribué à)

146 — *Etude de femme agenouillée.*

Dessin.

BROWN J.-L. (Attribué à)

147 — *Etude de cheval.*

BRISSOT (Attribué à)

148 — *Paysages avec figures de bergère.*

COROT (Attribué à)

149 — *Paysage.*

Dessin.

DAUBIGNY (Attribué à)

150-151 — *Paysage.*

Dessin.

DELABARRE

152 — *Pastorale.*

Charmante composition.

DELACROIX (Eug.)

153 — *Etudes de lions.*

Dessin.

DESHAYES (Ch.)

154 — *Paysage avec cours d'eau.*

DUCHEMIN

155 — *Paysage avec animaux au pâturage près d'un cours d'eau.*

156 — *Paysage, chaumière et champ de blé.*

157 — *Paysage.*

Bords d'une rivière.

158 — *Marine.*

159 — *Paysage, avec figures de fermière et poules.*

160 — *Paysage avec figure de gardeuse d'oies.*

DUPRÉ (Attribué à J.)

161 — *Paysage.*

Dessin.

FANTIN-LATOUR (Attribué à)

172 — *Jeunes femmes et Amour.*

FÉLICE

163 — *Vue prise à Crécy-en-Brie.*

FEYEN-PERRIN

164 — *Pêcheuse au repos sur le bord de la mer.*

FRADETTE

165 — *La Musique, scène Henri III.*

FRANÇAIS

166 — *Portrait de femme.*

Dessin rehaussé.

FRANÇAIS (Attribué à)

167 — *Paysage.*

HODOWICKI

168 — *Grande dame distribuant des aumônes.*

HOULAND

169 — *La Nymphe aux fleurs.*

170 — *La Femme de feu.*

JEANNIOT (1892)

171 — *Vieux garçons.*

Aquarelle importante.

LEROUX (Eug.)

172 — *Paysage.*

Aquarelle.

MURILLO (D'après)

173 — *La Vierge et l'Enfant.*

Cadre en bois sculpté et doré.

DE NEUVILLE (Attribué à)

174 — *Chasseur à pied.*

RICHTER

175 — *Le Chemin de la Fontaine.*

Signé à gauche.

176 — *Coquetterie.*

Signé à gauche.

VAN THULDEN (Attribué à)

177 — *Le Travail récompensé et le Vice puni.*

ÉCOLE FRANÇAISE

178 — *Portrait du roi de Rome.*

ÉCOLE FRANÇAISE

179 — *Portrait de Mademoiselle de Lavallière.*

ÉCOLE FRANÇAISE

180 — *Etude de tête de femme.*

ÉCOLE MODERNE

181 — *Vue de Tunis avec figures.*

TAPISSERIES

182 — Belle tapisserie d'Aubusson de l'époque
Louis XVI, fond blanc, médaillons à sujets
champêtres suspendus à des nœuds de rubans.

Haut. : 2m22; larg. : 1m44.

183 — Grande tapisserie de la Renaissance à nom-
breux personnages, large bordure à petits sujets
animaux, fleurs et fruits.

184 — Panneau en ancienne tapisserie à grands personnages.

BRODERIES, ÉTOFFES, DENTELLES

185 — Grande et belle portière en broderie. Époque
de la Renaissance italienne.

186 — Petite portière en velours rouge avec applica-
tions en broderie de la Renaissance italienne.

187 — Deux rideaux avec leurs lambrequins et leurs embrasses en velours rouge avec bandes en broderie.

188 — Bandeau en broderie d'or et d'argent sur fond de velours rouge. Époque de la Renaissance.

Long. : 3ᵐ34 ; larg. : 0ᵐ29.

189 — Deux lambrequins en broderie de la Renaissance italienne.

190 — Tapis de table en velours rouge avec galons et franges en or.

191 — Huit rideaux en laine avec leurs embrasses.

192 — Deux larges rideaux en velours rouge.

193 — Trois rideaux en velours rouge.

194 — Sept embrasses assorties.

195 — 4ᵐ50 de franges de soie.

196 — Tenture murale en toile bleue peinte.

197 — Tapis moquette rouge.

198 — **Robe en dentelle de Chantilly.**

199 — **Napperon** carré en guipure et broderie ancienne.

200 — Coussin ancien en linon brodé.

201 — Barbe en ancienne dentelle de Binge.

202 — Coupe de 3^{m}50 en vieux Venise.

203 — Coupe de 3^{m}40 en vieux Venise.

204 — Coupe de 2^{m}40 en vieux Venise.

205 — Coupe de 4^{m}20 en vieux point de Milan.

TAPIS D'ORIENT

206 — Beau tapis ancien d'Hérez, fond rouge à médaillon.

207 — Joli tapis ancien, d'Orient, dessin à animaux.

208 — Tapis fin d'Hérez fond crème, décor polychrome.

209 — Tapis d'Orient, fond bleu à médaillon.

210 — Tapis Kirman, fond bleu, dessin multicolore.

211 — Tapis Kirman, fond crème, dessin polychrome.

212 — Tapis Kirman, dessin mosaïque.

213-216 — Quatre tapis d'Hérez à décors variés polychromes.

217-220 — Quatre galeries persanes à dessins variés.

221-222 — Deux autres, fond crème.

223-224 — Deux galeries persanes, fond brun.

225-230 — Six tapis anciens de Perse, jolis dessins polychromes.

231-234 — Quatre tapis Bouchara, fond rouge à dessins multicolores.

235 — Beau tapis, tissu velouté et à reflets à petit dessin.

236-239 — Quatre tapis, fins dessins archaïques.

240-242 — Trois petits tapis anciens à dessins polychromes.

243-246 — Quatre belles portières de Karamanie.
Seront divisées.

247 — Grande carpette orientale.

248 — Carpette orientale moyenne.

249 — Petite carpette orientale.

250 — Carpette d'Orient.

251 — Objets omis.

RED. :

19